KB120668

그리움은 거리가 없다

박태순 시집 **그리움은 거리가 없다**

1판 1쇄 펴낸날 2021년 3월 29일
지은이 박태순
펴낸이 이재무
책임편집 박은정
편집디자인 민성돈, 장덕진
펴낸곳 (주)천년의시작
등록번호 제301-2012-033호
등록일자 2006년 1월 10일
주소 (03132) 서울시 종로구 삼일대로32길 36 운현신화타워 502호
전화 02-723-8668
팩스 02-723-8630
홈페이지 www.poempoem.com
이메일 poemsijak@hanmail.net

ISBN 978-89-6021-547-4 03810

값 12,000원

그리움은 거리가 없다

시인의 말

일흔이 넘은 나이에 첫 시집을 낸다.
마음 가득 채웠던 욕심을 버려야 할 때가 되었다.
빚진 마음이 녹는다.

새벽이 따뜻하다.

차 례

시인의 말

제1부

제3부

제1부

자화상

낫처럼
꼬부라진 허리를 한 채
거북이처럼 고개를 내민 무안댁이
유모차 끌고
경로당으로 향한다
눈이 부리부리했던,
귀도 동네에서 가장 크고 도톰했던
무안댁
이제는 휘어진 허리에 땅만 보는
종합병원
무안댁이
마른기침을 뱉는다
몇 년 후 나의 모습인 것만 같아
눈빛이 흔들린다
꼬부라진 한 생이
길 위에서
복사된다

다순구미

'다순'은 따뜻하다는 토속어이고 '구미'는 바닷가의 후미지고 깊은 곳을 가리키지요. 유달산 밑 곶부리 뒤편 후미진 언덕배기에 간판 없는 할매집이 있어요. 영락없는 '다순구미'지요. 할매가 거친 손으로 민어와 장대를 찜솥에서 꺼내 술상에 올려놓으면 막걸리가 시원하게 넘어가지요.

때맞춰 어부들도 다순구미 할매집 부엌에 찾아들어 술통을 비우지요. 찌그러진 양은 주전자와 못난이 술잔이 제격인 이곳에 시인들이 모여들지요. 시보다 붉어져 밤늦도록 시를 토해 놓지요.

엄마, 클로버, 허리띠

응급실에서 수술실로 옮길 때 허리띠가 발견되었다

클로버 무늬가 새겨진 파란색 허리띠

허리띠는 오래전 엄마의 기억을 지니고 있다

엄마는 오십 년 동안 그 띠로 허리를 졸라맸다 허리띠에
자신의 몸이 낡아 가는지도 모르고 날마다 졸라맸다 낡아 가
는데도 허리띠를 버리지 못하고 클로버를 움켜잡고 젊음마
저 시들어 버리도록 졸라맸다

그 허리띠가 마침내 엄마를 벗어난 것이다

홍어

앞 선창 시장 골목에서 썩은 냄새를 만났다
분해할 수 없는 후각이었다
쪼그리고 앉은 상인들이 애를 기름소금에 찍어 먹는다

굶주린 정인들이 어슷하게 썰어 코, 날개, 가슴살로 나누
어 삶은 돼지고기에 묵은 김치로 싸 먹는다. 썩은 홍어 애로
배 속 아기도 지웠다는 전설이 흘러나왔다

두엄자리에 묻어 두었던 항아리만 열어 놓아도 홍어 상이
차려진 것을 알았다

홍어 좆은 어디에 있을까?

썩은 홍어 좆을 찾아 뒤적거린다
수컷이 암컷을 찾아 헤매듯 썩은 냄새가 코끝에 진동한다

사라진 좆은 아무도 분간할 수 없다

지귀

공룡알 같은 고분들이 널려 있다
황룡사 9층 목탑이 있던 자리에 서면 고층 아파트가 마
주 보인다

능원陵園으로 가는 길에

쑥부쟁이 같은 사연들을 대하고
망초꽃 하얀 슬픔을 만난다

하늘에는 스키타이 민족이 타던 말발굽 같은 별들이 찍혀
있고 소슬한 가을바람에 왕릉이 깨어나는 것 같다

이곳에 지귀가 누웠던가

여왕의 사랑을 갈구하였던 한 사내가 운다

긴 치마폭을 드리웠을 여인의 발걸음을 따라가 본다

길이 아리다

바느질하는 여자

경주박물관에 들러 분황사 돌 사리함에서 나온
선덕여왕의 손가위, 금바늘, 은바늘, 가죽 골무,
바늘통을 보았다.
반짇고리에 수북이 쌓인 실패들
삶의 화폭을 아름답게 기워 낸 여자
바늘이 칼보다 강함을 알았다.
분황사 터를 서성거리며 생목生木을 찍는,
그녀의 분신인 듯 청딱따구리 한 마리를 보았다.
그대는 어디에 잠들었는가?
긴 세월 독수공방 긴 밤을 새워
북두北斗에 한숨으로 불어 날린 실밥들
동해를 질러가는 기러기 죽지에 묻은 사랑
지귀의 못난 사랑까지도 넓은 오지랖에 싸안아
잠든 그이 팔에 팔찌를 끼워 준 여자
지귀와 같은 설움으로 그녀의 이름을 부르노라
365개의 벽돌로 쌓은 탑, 열두 계단을 올라
첨성대 위 자미원 12궁 거문고좌 물병자리 별이 되었나
또 한 번 법회가 열리는 날 이 뜰에 서성거리다

나도 잠들면

이 주춧돌 밑에 묻은 초혼장招魂葬 보고

그대 눈물 글썽거리며

내 팔목에도 팔찌 하나 걸어 주려나

구름 낚시

빈 낚싯대만 걸려 있다

밑밥도 불을 밝혀 주던 호롱불도 다 그대로인데

담배 태우던 시인만 하늘로 올랐다

시인이 없는 바다가 낚싯대만 흔든다

무엇이 그리 못마땅하셨는지 낚싯대를 허공으로 접었다 폈다 하며 연신 담배를 태우시던 모습이 가슴에 남는다

저 하늘에서도 빨래판 위에 앉아 낚싯대를 던지실 것만 같다

바다가 출렁인다

청계

1.

바다 노을은 꿈속에서 보았던 궁전
궁전에 난 아릿한 창문으로 붉은 탄성이 스며든다
방파제에 드리우던 갈매기 날갯짓이 어둠 속으로 날아가
수평선을 품는다
청계 바다는 고요로 쓸린다
새벽이 궁을 깨우자 문지기가 문을 열고 내일을 맞이한다
이 궁에서 내가 살았다

2.

복길항 노을은 바다를 몽땅 등에 업고 걸어온다
어둠 속에서 수평선이 지워지고
절단된 하늘과 바다는 고요 안으로 든다
허공은 별들에게 문 열어 놓고
내일을 기다린다

가을 여자

귀가 시리다

시린 속 깊이 나뭇잎이 떨어져도 아무렇지도 않게 웃던
여자가

코스모스 꽃잎을 보고 눈가가 짓무르도록

운다, 하염없다

가랑잎에 귀가 시리다

가을에 약한 여자가 바람에 쓰러진다

길섶에 서 있는 잡풀 같은 여자인 줄 알았는데

아무렇지도 않게

사랑을 떠나보낸 여자인 줄 알았는데

텅 빈 속을 가진 그 여자

마음 약한 그 여자가

운다, 가을이다

가슴을 앓다

부항 뜸질 자리가 멍 자국처럼 남는다
누군가 자리보전 뿌리박고
엉킨 자국으로 가슴 깊숙이 자리 잡는다
그 사람일까
외로움을 몽땅 껴안은
누군가의 가슴앓이를 듣는다
가슴을 녹여 낸다면
지나온 길들이 먹빛으로 풀어질 것 같다
한 생이 아프게 저물어도
그림자가 남는다
누군가의 가슴에 기대어
외로움을 걸러 낸다
체에 걸러진 별들이 해맑게 웃는다

기다림

행여나 오실까
행여나 오실까

바람 소리만
지나갈 뿐
스쳐 갈 뿐

문은 열리지 않고

행여나 오실까
행여나 오실까

발걸음 멈춘 소리에 밖을 내다보니

잠시 든 햇살만
바람 그림자를 밟는다

운천 저수지

집에서 가까워 시를 낚을 생각이었다

낡은 벤치에 한 시인이 앉아 담배를 물고 있었다

발로 써라
노래 가사 쓰지 말고
신세 한탄하지 말고
마음을 울리는 시를 쓰라 하셨던
그곳에
이젠 시인도
시인의 담배도 없다

낡은 의자만 저수지를 지키고 있다

채석강

만 권의 사랑 이야기가 불타 버린 흔적이다

검게 타버린 그 자리에서도 온기가 느껴진다

수북하게 쌓인 만 권의 책갈피 속에서

따뜻한 사연들이 돋는다

타다 남은 만 권의 책에서

너를 읽는다

지나간 발자취마다 푸른 파도 소리가 들려온다

사랑은 지나갔어도

온기는 꽃 핀 흔적을 기억한다

새벽 시장

고양이 세수를 하고
장작불에 붙어 손발을 녹이는 사람들
어둠 속을 저벅거려
길거리 좌판을 펴고
야채와 푸성귀로 오가는 손님을 부른다
후미진 골목까지
새벽은 분주하고
단골손님을 부르는 일로 장터는 붐빈다
하루 전 주문을 받기도 하고
안부를 묻고
밤새 안녕을 주고받기도 한다
시장 통로가 달빛에 물들자
오가는 사람들이 하나둘 자취를 감춘다
다시 침묵으로
시장은 문을 닫는다
내일은 또
새로운 하루가 몰려올 것이다

목포

출렁이는 파도 속에 어머니의 노래가 있다

파도가 밀려올 때마다

어머니 부르시던 노래 한 가락이 밀려온다

애달픈 창가가 목포 앞바다에서 울린다

서편제가 되어, 동편제가 되어

유달산 정상까지 애절함을 몰고 간다

어머니가 그리울 때마다

바닷가에 앉아

밀려오는 노래를 듣는다

와흘본당*

징이 울리자 형형색색 천들이 오백 년 팽나무 신목에 몸을 감는다

액막이굿 시작되자 일만 팔천의 신들이 모여든다

새벽닭 울음소리가 나뭇가지에 숨어든다

넋들임하고 치성을 비는 향 내음이 신당에 든 혼백들을 달랜다

팽나무에서 죽은 넋인 양 매미가 운다

돌담에 스쳐 가는 바람이 온몸을 움츠리며 할망들을 기다린다

술병이 돌담 위에 놓이면

고목 옆에서 너나없이 손을 모으는 아낙들

'차기도'로 도망간 막내의 넋도 여기에 와 있을 것만 같아

나도 아낙들 틈에서 손을 모은다

* 와흘본당: 제주시 조천읍 와흘리에 있는 당.

종이로 지은 새 울음소리

시인의 생가에서 하룻밤을 보냈다

한쪽 날개가 부러져 날지 못하는 새처럼 지붕 한쪽 추녀가 기울어져 있었다

시인과 함께 우리는 마당에 쪼그리고 앉아 군불을 지폈지

돗자리를 펴고 누워 은하수를 바라보았지

시인이 어릴 적 구슬치기, 장치기를 하며 놀았다는 앞마당

나는 구겨진 신문지를 접어 종이 새를 만들어 마당으로 날린다

비가 오려는지 지렁이 울음소리가 들려온다

지렁이가 앞마당으로 몰려들어 집을 짓고 산다고 시인은 말했지

무너져 내린 부엌 창고에는 시인이 사용했다는

다리 없는 책상이 벽에 기대어 주인을 기다리고 있었다

종이 새 울음소리가 서녘으로 날아간다

개 밥그릇

개 사요, 개 사요
개장수가 할머니 보고 개를 팔라고 성화다
할머니 못 이기는 척
많이 쳐주시우
목줄 잡고 나오던 개장수가 개 밥그릇을 챙긴다
―이 밥그릇도 가져갑니다
―가져가슈
개장수 앞에
할머니는 그전 개 밥그릇과 똑같은 개 밥그릇을 내놓는다
―그건 뭐유
―뭐긴, 개 밥그릇이지. 이걸로 개를 많이 팔아먹었어
기가 찬 개장수 허허 웃고
할머니는 돈을 센다
―신안은 개 밥그릇이 보배여, 보배!

화투

아따, 엄니 잘 들으랑께요

팔 공산 비 풍 초 그림에 따라 몸값이 다르당께요. 민화
투로는 육백과 삼봉, 짓고 땡이어라. 섰다, 고스톱은 홍단
과 초단에 붉은 띠가 있고 송학은 소식을, 이 매조는 님이라
불러요잉. 삼 매화는 소풍을 말하고 사 흑싸리는 그러니께
히야카시고, 오 난초는 국수 먹는 날이고 육 목단은 이쁘다
고 해서 김지미라고 불러요잉. 칠 홍싸리는 횡재를 얻는다
고 하고 팔 공산은 달밤에 체조하는 모습이고 구 국진은 술
을 먹고요 시월 풍은 근심을 십일월 똥광은 돈이고요, 십이
월 비는 손님이라고 해서 슬픈 날로 표시하는구만요.

뭐시라고?

여기 각 달 네 장 열 끗 스무 끗 오 끗이구만요. 홑껍데기
두 장. 모두 해서 마흔여덟 장인디, 열두 장 중 솔 벗 공산
명월 비, 광자가 씌어 있는 이것은 스무 끗짜리. 알것지요.

이것아, 머리에 쥐나것다.

표 떼기

표 떼기로 하루를 시작한다

골고루 섞은 화투를 군인 행렬처럼 일렬로 세운 다음
점괘를 맞춰 본다

일송이 떨어지면 반가운 소식이 온단다
이월 매조는 임을 만난다는 길조라 잠시 들뜬다
십일월 똥은 돈이 생긴다는 횡재 운이라 눈이 커진다
삼월 벚꽃에 마음은 여행 가고 문을 여니 비가 온다

두들겨 다시 펴서 짝을 맞춘다

운수대통은 아니어도 고만고만한 운발이다

비 오는 날, 그리움을 한 장 뗀다

제2부

지게

더딘 귀가를 재촉한다

나뭇짐을 가득 진 지게가
혹처럼 붙은 자식들 생각에 길을 끌고 간다

앙상한 두 다리에
굽은 허리
어머니는 귀가를 서두른다

저물녘 산 그림자까지 얹고
지게가
작대기 하나에 의지하며 절룩거린다

배고픈 자식들이
입을 벌리고 있는 집을 향해
휘청휘청
더딘 길을 짚는다

갓김치

절구에 마른 고추 물고추와 보리밥 멸치젓을 갈아 비벼 항
아리에 넣는 순간, 갓은 이미 알싸하게 버무려진다. 밭둑이
나 논둑에서 나는 똘갓, 겨울밤 삶은 고구마에 보랏빛 김칫
국 한 사발 마시면 어머니 생각에 가슴이 알싸하다.

매운맛 고추냉이 같은 맛, 삭힌 홍어 톡 쏘는 맛 같은 붉
은 갓김치를 담가 주시던 어머니 손맛.

나는 오늘도 갓김치를 비빈다.

우도의 윤슬

천진항에
나란히 매인 배 두 척을 바라보며
소가 누워 있지

성산 일출봉을 바라보며
에메랄드 바다에 몸을 담근 채
아무런 욕심도 없이
소가 누워 있지

소 눈 속에 든 햇살은 눈부시기도 하지

물결이 일렁거릴 때마다 무심한 듯
무심하지 않게
은빛을 드리우는
저 사심 없는 우주

바다에 누운 소 한 마리가
마침내
별이 되어 올라간다

등대 앞에서

일몰이 시작되면
파도가 어둠을 밀고 올라온다

어둠은 항구를 덮고
만선의 고깃배는 갈매기를 부른다

한 생이 무르익듯
낮과 밤이 뒤바뀌는 시간

투쟁인지
환희인지
오늘도
돌고 도는 생과 사

등대가 어둠을 밝힌다

임을 기다리다
—삼학도

세 마리 학이 봉우리에 앉아 있지

유달산에서 무술을 연마하던 한 젊은이가 세 명의 여자를 좋아했다지 섬에서 만나자고 약속해 놓고 돌아오지 않자 식음을 전폐한 세 여자는 죽어서 학으로 환생했다지

살아서 돌아온 젊은이는 자기 주위를 도는 학을 향해 원망의 활을 쏘았고 학이 떨어진 곳에서는 세 개의 섬이 솟았다지

뒤늦게 이 사실을 알게 된 젊은이는 슬피 울었다지

그래서 삼학도 파도 소리가 그리도 서글프다지

학이 날아오를 때마다 지금도 누군가의 가슴이 부서진다지

드르르 드르르

드르르 드르르 미싱 돌아가는 소리

헝겊 쪼가리 이어서 예쁜 상보 만들어 주신다던 우리 엄마

시집갈 때까지 엄마 젖가슴 만지며 잠이 들었지

그 품이 그리워

드르르 드르르 미싱을 돌리네

눈물로 심을 삼아

저승 간 우리 엄마 예쁜 옷 한 벌 해 드리고 싶어

엄마 딸로 태어나

정말 행복했다고 말하고 싶어

드르르 드르르

울 엄마 보고 싶을 때마다 가슴에 미싱을 박네

대상포진

뼈마디가 뒤틀리는 아픔이다

부스럼 딱지가 온몸을 압류하겠다는 듯이
더덕더덕 통증을 붙인다

피부는 탄력을 잃고 빗장을 건다
산모의 고통보다 크다는 단독丹毒의 절규

소나무가 타들어 가듯
오늘도 살 떨리는 아픔을 견딘다

눈물 한 방울이
뼈마디 사이에 맺힌다

뻥이요

뻥이요, 뻥!

뿌연 연기와 함께 폭탄 세례를 받고 출구를 벗어난 쌀톨이 장터를 장악한다

열 배로 튀겨지는 마법을 보는 것 같다

귀를 막던 아낙들이 우르르 달려들어 한 움큼씩 집어 맛을 본다

내 기억력도 열 배로 뻥튀기하면 좋겠다

저 기계에 내 기억을 넣어 볼까?

목포행 완행열차

일로 몽탄을 거쳐 나주역에서 기차는 숨 한 번 몰아쉰다

대나무로 엮은 바구니가 여기저기서 '달고 시원한 나주 배 사시오' 외친다

기차가 출발하자 배 장수들이 서둘러 기차에서 뛰어내린다

터널을 통과할 때면 문틈으로 석탄 냄새가 스며들고 호남선 열차는 조개탄을 태우면서 서대전역에 도착한다

석탄과 급수를 보충하고 하행선 기차를 기다리는 중 〈대전 발 0시 50분〉이 흘러나온다

김이 모락모락 나는 우동 국물을 정신없이 먹고 기차에 올라탄다

홍익회 매점 아저씨 손수레 밀며 '달고 시원한 사이다 있어요, 따끈한 김밥, 삶은 계란 있어요' 외친다

호남선 완행열차에서 듣는 〈목포의 눈물〉이 가슴을 적신다.

통제구역 1

수술실은 불빛도 두려운 침묵을 드리운다

세월에 곰삭듯 벌레 먹은 관절이 연뿌리처럼 구멍이 숭숭이다

톱니바퀴 돌아가는 소리와 망치질 소리에 다시 한 번 숨을 멎는다

대기 중-수술 중-회복 중

어머니는 파도처럼 가쁜 숨을 몰아쉰다

담요에선 마취제 냄새가 통증의 흔적으로 남아 있다

벌집처럼 뚫린 고목 가지를 철판으로 연결해 놓았다

링거 주사가 구십 줄 노인의 몸으로 스며든다

─하느님, 살려 주셔서 감사합니다

통제구역 2

산소통에서 소낙비 소리가 흘러나온다

어머니는 태아처럼 웅크린 채 절룩대는 신음을 토해 낸다

수술대 위에 누워 충혈된 눈으로 먹구름을 바라본다

보름달이 초승달이 되어서야 어머니는 3동 병실로 옮기셨다

보행기에 의지하여 걸음마를 다시 시작하신다

한없이 낡아가는 어머니를 바라보는 내 눈에는 소금 바다
가 들어와 산다

어머니는 오늘도 3동 병실을 지키신다

바닥

침대 밑에 누이었지요

낮은 곳에서 더 낮은 곳으로 가신

구십 인생

상갓집에 아무렇게나 벗어 놓은 신발처럼 한 생이 헝클어졌을까요

침대 밑에 잠들어 있네요

발자국 남길 틈도 없이

고요해진 엄마

나들목

곡선은 외로운 갈가마귀

직선은 파란 카펫 위를 쏜살같이 빠져나간다

당신 곁이라면

깊은 잠을 자고 싶습니다

당신은 빨리 그곳에 가고 싶다는 말을 잠꼬대하듯 늘어
놓습니다

너 아픈 것은 못 보겠구나

하시던 그땐, 그게 사랑인 줄 몰랐지요

뒤늦은 깨달음은 왜 이리도 아픈 손가락인지요

당신 곁이라면

깊이 잠들어도

한 생이 좋을 것 같습니다

무서운 밤

부서진다

탕진해 버린 시간이 낡아간다

영혼이 떠나간 육체처럼 잠시 밤을 두드려 본다

표정이 추락한다

자연사自然死를 꿈꾸어 본다

밤의 맹기를 견딘다

아침은 아직 잠에 취해 있다

비운다

일흔 하고도 둘

내가 나를 보고 웃는다

마음 가득 채웠던 욕심을 버려야 할 때가 되었다

빚진 마음이다

무안 오일장

뻥튀기 차가 '뻥이요'를 외치고 좁은 골목엔 킥보드로 짐을 실어 나르는 사람들. 어물전엔 민어와 장대가 입을 벌려 제사상에 오르기를 기다리고 셈을 하느라 장바구니들은 분주하다.

세발낙지와 서른게들이 서둘러 마중 나오고 세상을 본 지 얼마 지나지 않은 흰 털 강아지도 분양을 기다리는 중이다.

이곳에 오면 나는 새색시처럼 생기가 넘친다.

법천사 목우암

법천사 석장승 원명 스님이 꿈에 백운산에 있는 총지사總
持寺에서 소 한 마리가 나와 이 암자에 이르는 것을 보고 발
자국 흔적을 따라 절을 지어 목우암이라 했다지.

백두대간 서남부 마지막 지류 승달산 기슭에 바람이 분다.

소털 같은 바람이 나를 쓸고 지나간다.

어머니?

나를 지우다

하나씩 지운다

작년도
지우고
금년도
지우고
어제도
오늘도
지운다

지우다 보니 내가 없다

내가 없으니 주변이 가벼워진다

셈할 일이 없어

뺄셈도
지우고

덧셈도

지운다

사는 일이 다 가벼워졌다

무안에 들어서면

무안 터미널에 들어서면 빨갛게 물든 황토 바람과 끝없이 펼쳐진 황톳길이 시작된다

저 붉은 가슴

무안은 황토 가슴으로 숨을 쉰다

황토는 양파가 되고 도자기가 되고 우리네 이웃이 되고 고향이 된다

나는 붉은 가슴으로 산다

제3부

대릉원

보문호 비추는 황금빛 천년 사직을 본다

토함산이 호수로 내려온다

대릉원 잔디에 누워 하늘을 보다가 페르시아 전사가 되는 꿈을 꾼다

하늘에는 혓바닥 날름거리는 별이 다른 별들을 향해 기어가고 금관 옥좌에는 사랑을 이루지 못한 사내 하나가 슬픔으로 북두칠성에 첨성대를 짓는다

안압지에 별들이 떨어진다

말발굽 소리가 서라벌 모퉁이로 사라진다

매원 마을 고택에서

기둥 밑, 받침돌을 디뎌 보고 마루에 걸터앉는다

낙동강이 흘러든 바다에서 고래가 들려주는 노래는 낯선
선율로 들려온다

은행나무 목침을 베고 눕는다

지네가 지나간 곳을 따라 연꽃 향이 기울어진다

감호당 고택이 옛사랑인 양 그립다

똥섬의 내력

선창이 울렁거린다

소나무가 많아 송도, 동쪽에 있는 섬이어서 동섬이라 불린 이곳

매립 후에 동명동이 들어섰다

갯고랑을 따라 송도를 거쳐 가까운 섬에서 인분을 싣고 들어와 갯바위 쪽 배추밭에 구덩이를 파서 거름을 만들었다

일본인들이 신사 참배를 위한 77계단을 만들었고 후에 반공호가 들어섰다

그 후로도 바다에는 인분이 둥둥 떠다녔다

동섬은 똥섬이 되었지만, 이제는 똥섬도 사라지고

동명동만이 선창을 지키고 있다

지나간 시간을 잊은 채 어시장에는 새벽 불빛이 환하다

서른게

새벽 시장에서 간장게장을 사서 드렸더니 이게 아니라고 고개를 저으신다

고향 해제 뻘에서 맛보던 서른게를 기억하신 게다

껍질째 씹어 먹는 재미, 손가락으로 쪽쪽 빨아 가며 뜯는 서른게만의 구수한 맛, 간장 국물에 파, 고추 썰어 넣어 깨소금 양념에 밥 한 공기 게 눈 감추듯 먹어 치우던 그 맛.

시장 이곳저곳을 묻고 다녔지만 뻘이 죽었는지 게를 구경하기 힘들단다

그 많던 뻘과 서른게는 다 어디로 갔을까

어머니 입맛은 변해 버린 세월에 고개를 젓는다

복길항

바다가 드리운 일몰이 그리워

고향 청계로 돌아와 선산을 지키셨다

어머니 품속 같으셨을까

아버지는 날마다 노을로 사셨다

뒷개* 노을

바다는 마냥 해가 떨어지기를 기다린다

그 마음 알았는지

벼랑 끝에 매달린 선홍빛 해가 바다에 안긴다

두 가슴이 맞닿았을 때 세상의 모든 숨은 정지했을까

그 마음 알았다는 듯

파도가 출렁인다

* 뒷개: 목포 '뒤'쪽에 있는 '개'(개펄 혹은 해안)를 지칭.

홍시

천둥 치던 날, 중심을 잃은 나는 아래로 떨어져 내렸습니다

순간 가슴에 담고 있던 못다 한 말들이 터져 나왔습니다

뒤척이는 밤, 당신의 발걸음 소리를 애타게 기다렸습니다

쏟아 놓고 보니 이제는 속이 다 후련하답니다

붉어지다 못해 터져 버린 제 가슴이 보이시나요

바닥에 스민 붉은 흔적을 제 사랑의 징표로 삼겠습니다

폐가 1

붉은 홍시가 오십 촉 등불을 켠다

무릎까지 차오른 덤불이 달빛에 엉클어진다

안방 천장을 붙잡고 있던 벽지가 힘이 다했는지 떨어져
내리고

못에 걸린 옷들이 낡아 간다

마루 황토벽에 색연필로 그은 숫자와 낱말들이 희미해져
가고

쥐 오줌 냄새 스민 부엌은 한기가 감돈다

숨결은 오래고 바람만 마당을 쓸어내린다

부서진 책상은 희뿌연 먼지 속에서 누군가를 기다리고

빗장 건 대문마저 한쪽으로 기울어져 있다

주인이 없는 집은 발자국도 듬성듬성 남는다

폐가 2

마루 끝에 앉아 집주인은 말했었지
—아버지, 어머니, 동생들과 다 같이 안방을 썼어
다시 들여다보니 너무나 작은 방
어떻게 이 작은 방에서 모두 한데 어울려 살았을까
그 많던 사연도 소풍 가고
인기척 없는 마당만 풀벌레 소리로 자욱하다
바람에 허물어진 돌담, 담벼락도 내려앉았다
문을 두드리는 이도 없고
엿보는 이웃도 없고
비스듬히 누운 대문에는
거미줄만 자물쇠처럼 걸려 있다
주인이 들려주던 웃음소리는
아직도 귓가에 생생한데
바람 소리만 기다리는 일로 낡아 간다

고향의 거리

고흥 우주 센터 있는 곳이 저 방향인가

부르즈 할리파* 전망대에서 나는 고향을 바라본다

허공에 떠 있는 내 고향 집 주소는 두원면 학림 297번지

나는 고향 집 낡은 쪽문을 열고 들어선다

토방에는 짝 잃은 고무신 하나가 주인을 기다리고 있다

돌쩌귀에 스며 있는 한숨들이 밀담密談처럼 들려온다

거미가 방음벽 틈새로 줄을 치고

민들레 씨앗은 인적 없는 마당을 배회한다

아, 그리움은 거리가 없다

* 부르즈 할리파: 아랍에미리트 두바이에 건설된 세계 최고층 건물.

군산동 토하젓

또랑 새비젓이라 불립니다.

살아 있는 새뱅이를 소금에 절여 만든 토하젓, 밥에 얹어 먹거나 비벼 먹는 맛을 모르면 아직 세상맛을 모르는 겁니다. 그렇습니다, 일명 밥도둑입니다. 소화가 안 될 때 먹는 다고 해서 '소화젓'이라고도 합니다.

논도랑에서 서식해 뜰채에 솔가지를 담가 두어 아침에 가서 건져 왔습니다. 흔하지 않은 민물새우입니다. 소금에 절인 토하젓은 밥과 양념을 절구에 갈아서 귀한 손님상에 놓았습니다.

오늘은 이 토하젓을 어머니와 함께 먹습니다. 산에 드신 어머니 밥상에 토하젓을 올려놓고 혼자 울면서 꾸역꾸역 밥을 도둑질하고 있습니다.

홍어

쫀득한 살 한 점에 막걸리 한 사발 넘긴다. 기름소금에 고소한 홍어 애 한 점, 볼이 발그레하다. 톳과 해초를 넣고 끓인 국물이 목구멍으로 넘어간다.

뜨겁고도 시원하다.

버릴 게 없는 홍어처럼 버릴 게 없는 그리움도 있다. 홍어 껍질은 묵을 만들고 전을 부치기도 한다. 홍어 코를 먹어야 홍어를 먹었다는 말을 듣는다.

홍어 날개와 삼겹살 묵은지를 싸서 먹는 삼합이 있다. 흑산도에서 영산포까지 긴 여행을 온 홍어가 상에 오른다. 막걸리 한 잔에 쫀득한 암모니아 한 점을 젓가락으로 들어 올린다.

그리움에 삭혀진 맛!

빛바랜 사진 한 장

앞줄 왼쪽엔 팽숙이 삼촌, 그 옆엔 외국으로 나간 성달 오빠, 바로 그 옆엔 언청이 삼촌, 그 옆에 삼촌 손을 잡고 있는 단발머리 소녀가 바로 나예요

빛바랜 사진 속에서 살고 있던 사람들이 하나둘 떠나고 이제는 두 사람만 남았어요

저 먼 세상에서는 다시 볼 수 있을까

빛바랜 사진 한 장으로 더듬더듬 기억을 거슬러 올라가요

물에서 태어나다

내 고향은 물이에요

눈앞에 펼쳐진 바다가 엄마 자궁인 양 헤엄쳐 들어가요

육지는 얕아서 답답하고 마셔도 마셔도 갈증이 나요

시원한 바다만 봐도 나는 고향을 느껴요

바다에서 막 건져 올린 물고기처럼 팔딱거려요

물로 돌아가고 싶어요

물을 떠날 수 없는 여자

바다가 내 고향이에요

내 뼈와 살이에요

제주는 까맣다

흑룡만리*에 기대어 제주 앞바다를 바라본다

보이는 것은 파도뿐,

파도에서 눈을 떼지 못한다

바다로 가는 흑룡을 바라보았을까

굽이굽이 흘러가는 흑룡이 상처 입은 4 · 3의 제주 같았다

제주는 까맣다

제주 앞바다에는 상처 입은 검은 용이 산다

* 흑룡만리: 밭 경계를 구분 짓는 밭담이 끊임없이 이어지고 흘러가는
  모습.

천사대교

파도를 허리에 두르고
갯벌 비린내를 뒤로하고 뱃길을 내어 준다

압해도
암태도
자은도
안좌도
팔금도

섬들은 외롭지 않다

유달산의 아침이 천사대교를 찬란하게 비춘다

내 안의 섬들도
하나로 묶인다

째보선창*

간판 없는 구멍가게 째보선창에 자리 잡고 앉는다

술잔 한 잔 앞에 놓이고

도마 위에선 고기들이 춤을 춘다

구수한 된장에 청양고추 넣은 시원한 국물 한 사발

옛사랑이라도 생각난 듯 지붕 사이로 연기가 피어오른다

막걸리에 닭발 녹두 부침으로 한 상이 거나하다

방파제 넘어오는 파도에 풍류를 읊고

소금물에 절인 가슴을 달빛에 씻어 낸다

* 째보선창: 옥구군 죽성리에 속했던 죽성포의 별칭. Y자로 살짝 째진
  강안江岸에 석축을 쌓아 조성한 포구가 째보(언청이)처럼 생겼다고 해
  서 부르기 시작했다는 설이 있다.

오거리

오거리 명동 거리에는 평화극장이 있고 양행 맞춤 양복점
과 다방이 들어서 있다

그 거리에 자리 잡은 덕인 선술집은 낮부터 홍탁, 삼합,
삭힌 홍어 맛으로 객수에 잠긴 나그네들을 맞는다

맞은편 오거리 이 층에는 홍색 불빛이 길 가는 이들을 유
혹하고, 백구두에 포마드를 바른 신사들이 이따금 문을 두
드린다

극장에서 흘러나오는 유행가를 들으며 노적봉으로 오르
는 길에 적산가옥이 있고 북교동 교회 불빛이 어둠을 밝힌다

오거리에서 나는 지금까지 오지게 살고 있다

백양사 가는 길

우연이 아닌데

우연을 가장한 채

찾아갔지

바람은 그제나 지금이나

그리움을 이기지 못해 불어오고

산사에 피어나는

그 사람, 상사화

백양사 그 길을

우연이 아닌데

우연을 가장한 채

찾아갔지

화엄사
—시詩 동산

물이 흐르듯
사랑이 변색한다고
시인들이 비碑에 새겨 놓은 곳

화엄사는 외로운 곳
세월을 지우려 찾아온 이들이
흘러가는 곳

이룰 수 없는 사랑과
이루어질 수 없는 사랑이
서로 답하는 곳

지리산이 써 놓은
시詩 동산에 앉아
지나간 사랑을 그리다 돌아가는 곳

제4부

뭍으로 간 친구에게

항구를 떠나서 살아 보니 갯바람이 그립지 않더냐

넓은 바다에서 오는 숨소리를 듣지 않고 살 수 있더냐

물고기가 팔딱이는 항구의 비린내가 일흔이 된 지금도 찾
아가지 않더냐

이제 얼마 남지 않은 생

고향으로 내려와 세발낙지와 콜콜한 홍어 냄새에 삭아 가
면서

나와 함께 즐겨 보지 않겠느냐

친구야, 나의 바다야

보리마당*

좁은 골목길엔

조개껍데기를 뒤집어 놓은 듯한 판잣집들

조금과 사리 물때마다

조판장 경매꾼 목소리에 조기들이 춤을 춘다

유랑流浪 구름처럼 파도는 일렁이고

어선들이 줄지어 바다로 나가면

아낙들은 보리밭 경사진 곳에 솟은

언덕 위로 올라가

머언 바다를 보고 손을 모았다

* 보리마당: 목포 '해안로 127번길'과 바보마당(바다가 보이는 마당)으로 연결되는 오르막길.

일출

쏟아질 것 같은 저 불덩이를

바다가 밀어 올린다

무용수가 춤을 추듯

붉은 치마를 드리우고

하늘로 날아오른다

저 불덩이 여인을 만나고 싶다

열정 가득했던

내 청춘은 찬란했다

앙코르와트

후덥지근한 날씨였다

어느 식당에 들어가 식사를 하고 있었다

축 늘어진 아이를 무릎으로 안은 여인이 1달러를 외쳤다

이곳에서는 구걸로 살아가는 이들이 관광객들에게 끈질기게 매달려 1달러를 받아 낸다고 했다

나는 먼저 가서 1달러를 건넸다

사실은 그들이 나에게 1달러를 선물할 기회를 준 것이다

나이

일흔이라는 나이로
망각을 친구 삼아
쉬엄쉬엄 여기까지 왔지요
하늘과 가까워졌으니
이제 거의 다 온 셈이지요
살아온 날들을 뒤돌아보면
해 놓은 일 하나도 없는 것 같아
울적하기만 하답니다
지나온 발자취에
흉터는 남지 않았을는지요
햇살을 따라 길을 가다가
잠시 앉아 봅니다
불어온 바람이
나를 뒤적거립니다

천사의 유방들

유방들이 젖몸살을 한다

부풀어 터질 듯 탱탱한 유방들이 젖몸살을 한다

숨 고르던 파도가 오르가슴으로 철썩이며 신음을 토해 내더니

알몸으로 뻘에 뛰어들어 애무한다

1004의 오르가슴이 일어난다

밀물이 속살을 파고들 때 만조가 가슴에서 차오른다

파도는 1004의 유방을 아이스크림처럼 핥더니

마침내 한입에 삼켜 버린다

신음하던 1004개의 섬들이 사라지고 없다

몽돌 바다

옹알거리는 소리로 가득하다
파도가 밀려올 때마다
옹알옹알 구르는 소리
돌무덤을 쌓는다
구르고 구르다 햇볕에 그을린 몽돌
그리움이 밀려오고
밀려갈 때마다 울음 운다
바다 건너 소록도 한 많은 사연을
해안에 풀어놓는다

하굣길

비가 왔다

가져온 우산을 놔두고
교복이 다 젖도록
걸었다

가방도 젖고
머리도 젖고
운동화도 젖었다

줄줄, 눈물이 빗물 따라 흘렀다

양쪽 길섶 철쭉꽃이 흔들리며
생은 바람처럼 머물다 간다고 말해 주었다

비가 되고
싶었나 보다

어디로 갈지 몰라
어디에서 머물다 갈지 몰라
젖고 싶던
그 시절에

때마침 비가 내렸다

시인은 도둑질하지 않는다

친구가 등단하던 날, 우리는 제천 산골에 자리 잡은 오 시인의 문학관에 까치처럼 몰려갔다. 축하 잔치가 끝나고 버스에 올랐는데 친구가 상금 봉투를 두고 왔다고 했다. 우리는 버스에서 내려 문학관을 뒤졌다. 봉투는 친구가 놓아 두었던 자리에 그대로 놓여 있었다. 누군가 시인은 도둑질하지 않는다고 말했다.

맞다, 시인은 큰 진리를 훔치는 사람들이다. 도둑질하지 않는다.

동동 구르므

동네방네 북소리가 요란하다

동동 구르므 왔스요. 동동 구르므 바른 순희 아지매 장에 갔다 돌아올 줄 몰라요. 사내들 가슴에 불 지피고 얼릉 돌아올 재주가 있간이요, 자, 여기 손등에 발라들 보세요. 다리미로 핀 것처럼 얼굴이 번지르르, 피부가 반들반들, 어떠요, 아짐?

온 동네가 바람이 났다.

그날, 장롱 버선 속에 숨겨 둔 쌈짓돈이 얼굴을 내밀었다.

굴 할머니

목포여고 가는 길목 방공호

그 컴컴한 굴속에서 호롱불을 밝히고 새끼줄로 머리를 질끈 동여맨 굴 할머니가 살았다. 입구에는 솥단지와 항아리가 널려 있었다. 허리는 노끈으로 묶은 채 곰방대 문 입으로 지나가는 우리에게 욕을 퍼붓곤 했다.

할머니 불쌍하다며 등굣길에 도시락을 비워 주고 가는 여고생도 있었다. 굴속이 궁금해 가까이 다가갈라치면 물바가지 세례를 당하곤 했다. 하지만 굴 할머니 생활은 오래가지 못했다. 방공호가 닫히고 할머니의 행방은 묘연해졌다.

굴 할머니 기억은 우리가 공유한 추억의 한 장면으로 남았다.

부녀회장

꽃망울이 터지는 봄이었다.

임기가 2년인데 7년이 지난 지금에도 부녀회장은 여전히 자리를 내놓지 않고 있다. 후임자가 대기 중인데도 자리를 내놓을 생각은커녕 장기 집권으로 갈 태세를 보이자 회원들이 들고일어났다. 언성이 높아지고 싸움이 커지자 결국은 기관에서 해체 통보를 내렸다.

그 자리가 뭣이라고 저 지랄을 한다냐?

우리 정치사를 보는 것 같아 씁쓸했다.

소금 찜질방에서

소금과 주걱으로 비벼댄다

화요일과 금요일에만 나타나는 이모들이 때 타월 내밀며
등 좀 밀어 달라고 애교를 떤다

나는 카펫을 걷어 내듯이 위에서 아래로 힘차게 밀어댄다

보형물을 가슴에 넣은 아지매는 몸매를 자랑하면서 웃음
짓는다

한 바가지 커피에 후해진 인심들이 비벼댄다.

삐비꽃처럼

당뇨로 한쪽 다리를 절단한 서한댁이

삐비꽃 무늬 치마를 입고 휠체어를 굴린다

마음 한쪽이 절단된 듯

휠체어는 앞으로 나아가지 못하고 멈춰 서기를 반복한다

속울음은 분홍이었을까

삐비꽃을 좋아했던 서한댁은 삐비꽃 놔두고

영안실 문턱을 넘었다

삐비꽃이 울음을 터트렸다

저녁 항구

1.

유달산 일등바위에 기대어
비스듬히 누운 고하도를
바라보노라면
손에 잡힐 듯 금빛 파도 너울거린다
낙조는 불콰한 얼굴로
목포대교를 넘어서고
고하도는 풍선처럼 부풀어 오른다
늑대 같은 파도가
섬 기슭을 물어뜯으면
상처 난 섬은
어둠 속에 돌아앉아 눈물 흘린다
용머리 돌아오는
뱃고동 소리에
가로등이 불을 밝힌다

2.

썰물을 따라 섬은 탈출을 꿈꾼다

너울거리는 은빛 물비늘이
거친 바람에 천 갈래 만 갈래 찢어진다
마음도 찢어진다
먹구름이 몰려오고
삽시간에 비바람이 몰아친다
우울해진다
항구에 발이 묶인 어선들이
일렁이는 파도에 동동거린다
해일이 덮치자
난파선처럼 뒤집힌다
섬은 탈출을 꿈꾼다

광화문 연가

해가 지고 있다
컵에 비친 촛불이 출렁이고
길어진 그림자가 단풍 길 사이로 사라진다

불의에 항거하던 사람들이
너나없이 나와 촛불을 밝히던 밤
촛불을 들고 정의와 평화를 외친다

바람에 흔들리는 나뭇잎
광화문 이순신 동상을 바라본다
별들이 촛불 위로 떨어진다

나는 광화문에 서서
바람에 꺼지지 않게
촛불을 손으로 감쌌다

이 희망을 꺼뜨리지 않게

옥단이

목포에 옥단이라는 기생이 있었다.

젊어서 아름답고 재능 있었던 옥단이는 늙어서 정신을 놓아 옷을 포개 입기도 하고 매달고 다니기도 했다. 그래서 사람들은 옷을 포개 입는 사람을 옥단이 같다고 했다.

겨울 어느 날 추위를 피하고자 올라간 유달산 바위틈에서 죽음을 맞이했다. 시청 직원이 지게꾼에게 옥단이를 쌀가마니에 넣은 다음 지게 했다. 공동묘지로 가던 차에 지게꾼이 잠깐 술집에 들러 막걸리 한잔하고 나오니 지게가 사라지고 없었다. 수소문 끝에 알아보니 누가 쌀가마니인 줄 알고 훔쳐 간 것이다.

그 죗값으로 도둑은 옥단이를 방에 뉘어 놓고 한참을 주물러 펴서 공동묘지로 모셔 갔다.

옥단이는 이 추위에 잘 있는지, 괜스레 눈물겹다.

맹추

닭 우는 소리와 함께 일어나 부엌으로 달려갔더니 허리 굽은 초승달 같은 할머니가 아침 밥하라고 쌀을 내주신다. 서둘러 밥을 안치고 눈을 비비는데 어머니 달려와 '쌀은 씻었냐?' 물어보신다. '왜 쌀을 씻어요?' 쌀을 씻어야 하는지도 몰랐던 맹추는 대문 밖으로 쫓겨났다.

보름달 같던 어머니는 지금도 맹추 같은 딸을 걱정하고 계시려나.

달빛이 속살을 비춘다.

마이산 운해

이른 새벽
구름 꽃이 피어난다
약속이라도 한 듯
너울너울 춤추는 운해雲海
힘든 줄도 모르고 올라온 산봉우리에서
찰칵, 찰칵,
순간을 포착한다
희뿌연 구름이 발아래로 사르르
녹아내린다
거울 속에 든 비경처럼
호수에 비친 마이산 봉우리
그리운 임 같다
나와 함께
너울너울
춤을 춘다
새벽이 따뜻하다

숫눈

하얗게 땅 위로 눕는 저 여인

아무것도 건드리지 않겠다는 몸짓으로 내려온다

그녀의 생은 비록 짧았으나

햇빛에 반짝이는 그녀의 눈은 내 가슴에 영원히 남는다

사랑은 아무것도 바라지 않는 것

눈물이 지나간다

그리움에서 발아發芽한 시적 생명력

강대선(시인)

등기우편으로 시 노트 세 권을 보내오셨다. 또박또박 펜으로 써 내려간 시들을 보는 순간 가슴이 뭉클해졌다. 일흔이 넘은 나이에 시 한 편을 얻기 위해 그녀가 쏟아야 했던 시간이 고스란히 밀려왔다. 그 열정으로, 그 궁구窮究의 시간으로 박태순 시인은 그녀의 첫 시집『그리움은 거리가 없다』를 낳았을 것이다.

박태순 시인의 고향은 목포다. 목포는 바다와 황토와 역사가 살아 숨 쉬는 곳으로 시인은 이곳에서 시적 토양을 발견하고 자신만의 시 세계를 구축하고 있다. 박태순 시는 그리움을 통한 한의 뿌리에 닿아 있으면서도 남도의 서정을 잃지 않는다. 때문에 그녀의 시는 맛깔나면서도 재미가 있다. 이런 이유로 박태순의 시는 독자들에게 서정의 보편적 지평을 가교로 다가간다. 박태순의 기억에서 퍼 올려진 고향과 삶의 정서는 질박하면서도 진솔하다. 이 질박과 진솔한 박태순 시풍은 스승이었던 송수권 시인의 토속적이면서 힘 있는 시에서 연유할 것이다. 대竹와 황토 그리고 뻘의 정신에서 그 뿌리를 찾아볼 수 있다.

　　빈 낚싯대만 걸려 있다

　　밑밥도 불을 밝혀 주던 호롱불도 다 그대로인데

　　담배 태우던 시인만 하늘로 올랐다

　　시인이 없는 바다가 낚싯대만 흔든다

　　무엇이 그리 못마땅하셨는지 낚싯대를 허공으로 접었다
　폈다 하며 연신 담배를 태우시던 모습이 가슴에 남는다

　　저 하늘에서도 빨래판 위에 앉아 낚싯대를 던지실 것만 같다

바다가 출렁인다

—「구름 낚시」 전문

시에서 시간과 공간은 시를 이루는 중요한 요소다. 박태순 시인에게 있어서 시적 시간은 과거와 현재 그리고 미래가 그리움을 통해 아우러지고 있다. "밑밥도 불을 밝혀 주던 호롱불도 다 그대로인데" 시인만 없다. 이러한 시인의 부재 의식은 그리움을 수반한다. "시인이 없는 바다가 낚싯대만 흔든다"는 말로 시인은 자신의 정서를 대변한다. 그러나 시인의 상상은 현재에는 없는 과거의 부재 의식에서 끝나지 않는다. 시인은 이승과 저승을 연결하는 상상력을 발휘한다. 지금 여기에는 없지만 "저 하늘에서도 빨래판 위에 앉아 낚싯대를 던지실 것만 같다"고 표현한다. 다시 말해 이러한 시인의 시적 구조는 현재에는 없는 시인의 부재라는 한 장면에 머무르지 않고 이승과 저승을 넘나드는 시간과 공간을 확보하고 있다. 저승에서의 시간은 이승과 다를 것이므로 저승에서 던지는 낚싯대는 언제든지 지상에 도달할 것이다. 그래서 시인은 저승에서 드리운 낚싯대를 바라보며 "바다가 출렁인다"라고 말한다. 시인의 마음이 출렁이기 때문이다. 시인의 부재는 부재가 아니며 다시 새롭게 살아오는 그리움이다. 죽음도 단절로 끝나는 죽음이 아니며 이승과 저승의 나

늪이 아닌 안과 밖이 새롭게 이어지는 세계로 그려 낸다. 그 연결 끈이 바로 그리움이다. 이 그리움이 박태순의 시적 생명력이다. 그래서 시인은 "그리움은 거리가 없다"를 시집 제목으로 삼았을 것이다. 담배와 낚시는 시인의 상징이 된다. 무엇 하나로 상징이 되는 경우가 있다. 초현실주의 화가 살바도르 달리Salvador Dali는 콧수염으로 상징이 되었다. 달리 또한 시간과 공간을 초월하는 그림을 그렸다.

응급실에서 수술실로 옮길 때 허리띠가 발견되었다

클로버 무늬가 새겨진 파란색 허리띠

허리띠는 오래전 엄마의 기억을 지니고 있다

엄마는 오십 년 동안 그 띠로 허리를 졸라맸다 허리띠에 자신의 몸이 낡아 가는지도 모르고 날마다 졸라맸다 낡아 가는데도 허리띠를 버리지 못하고 클로버를 움켜잡고 젊음마저 시들어 버리도록 졸라맸다

그 허리띠가 마침내 엄마를 벗어난 것이다
　　　　　　　　　　　　　　　—「엄마, 클로버, 허리띠」 전문

화자의 시간은 엄마에게 향한다. 가족에게 가 닿은 박태순 시인의 시선은 가난과 그 가난에도 삶을 보듬고 살아온 엄마, 그리고 엄마를 대변하는 허리띠를 바라본다. 엄마가 매고 있는 "클로버 무늬가 새겨진 파란색 허리띠"는 삶을 악착같이 이겨 내고자 하는 엄마의 생활력을 상징으로 보여 준다. 이러한 생활력은 단순히 엄마에 그치지 않고 보편적인 시대의 공감을 얻어 낸다. 엄마는 나이가 들고서도 이 허리띠를 버리지 못하고 같이 낡아 간다. 그 시대에 넘어오던 힘들고 고단했던 엄마들에게 주어진 형벌 같은 가난을 표상하는 허리띠와 함께 엄마도 낡아 간 것이다. 시인의 상징이 담배와 낚시라면 이 시에서 엄마의 상징은 허리띠다. 그리고 이 상징은 응급실에서 수술실로 옮겨질 때 진가를 발휘한다. 엄마는 자신을 붙잡고 있던 가난과 억척스러운 생활력을 상징하는 허리띠를 놓아 버린 것이다. 이러한 상황을 엄마로부터 놓인 허리띠라는 역발상으로 참신하게 표현하고 있다. "그 허리띠가 마침내 엄마를 벗어난 것이다"로 표현하며 허리띠를 행동의 주체로 삼고 있다는 것이다. 사실은 엄마가 허리띠를 매고 있었던 것이 아니라 허리띠가 엄마를 지금까지 지탱해 준 것이라는 사실을 일러 준다. 다시 말하면 엄마와 허리띠는 서로 분리될 수 없는 동일 인물이자 상징이다. 그럼, 엄마는 무엇을 위해 그렇게 아등바등 살았을까.

그것은 클로버에 의미가 숨겨져 있다. 네잎클로버는 '행운'을 상징하고 세잎클로버는 '행복'을 상징한다. 엄마는 살아오면서 행운과 행복을 꿈꾸어 온 것이다. 행운과 행복이라는 상징은 시인에게 가 닿는다. 이 사실을 시인은 가슴 뭉클하게 목도한다. 허리띠를 통해 어머니가 살아온 삶의 의미를 읽은 것이다. 그리고 시인은 엄마가 곧 자신에게 행운과 행복이자 허리띠였음을 알게 되는 것이다.

출렁이는 파도 속에 어머니의 노래가 있다

파도가 밀려올 때마다

어머니 부르시던 노래 한 가락이 밀려온다

애달픈 창가가 목포 앞바다에서 울린다

서편제가 되어, 동편제가 되어

유달산 정상까지 애절함을 몰고 간다

어머니가 그리울 때마다

바닷가에 앉아

밀려오는 노래를 듣는다

—「목포」전문

　시인에게 목포는 그 자체로 어머니다. 어머니의 살아온 내력이 올곧이 물들어 있기 때문이다. 그래서 파도 소리는 어머니가 부르는 노래가 되고 그 노래는 유달산 정상까지 그리움을 밀고 올라간다. 시인은 "어머니가 그리울 때마다// 바닷가에 앉아// 밀려오는 노래를 듣"는다. 이 행위는 어머니를 그리워하는 행위이며 시인이 오늘을 살아가고 내일을 열어 나가는 방식으로 자리 잡는다. 그런 의미에서 시인에게 모든 지명과 장소는 '어머니'라는 상징의 확장이다. 그래서 시인이 시집 제목으로 삼은 "그리움은 거리가 없다"는 절실하게 다가온다.

　이렇게 확장된 '어머니'의 생명성은 고향과 이웃에 대한 사랑으로 범위가 넓어진다. 시인의 세계는 태어난 곳과 살아온 곳 그리고 살아가야 하는 곳, 그리고 그 삶의 터전에 자리 잡은 이웃들에게까지 확대된다. 주목할 것은 이러한 시인의 생명성이 질감 있는 토속적 정서로 잘 버무려지고 있다는 점이다. 자신이 살아가고 있는 곳에 대한 애정과 그곳에 깃들어 사는 삶을 있는 그대로 녹여 독자들에게 속살을 드러낸다.

시인의 시간과 공간은 이제 고향으로 가 닿는다. 그리움 은 거리가 없기 때문이다.

1.
바다 노을은 꿈속에서 보았던 궁전
궁전에 난 아릿한 창문으로 붉은 탄성이 스며든다
방파제에 드리우던 갈매기 날갯짓이 어둠 속으로 날아가
수평선을 품는다
청계 바다는 고요로 쓸린다
새벽이 궁을 깨우자 문지기가 문을 열고 내일을 맞이한다
이 궁에서 내가 살았다

2.
복길항 노을은 바다를 몽땅 등에 업고 걸어온다
어둠 속에서 수평선이 지워지고
절단된 하늘과 바다는 고요 안으로 든다
허공은 별들에게 문 열어 놓고

내일을 기다린다

—「청계」 전문

　어린 시절 시인이 보았던 바다는 어떤 바다였을까. 어린
아이의 눈에 비치는, 바다에 드리운 금빛 노을은 동화 속에
나오는 '궁전'의 이미지로 환원된다. 현재 청계면은 무안군
에 소속되어 있는 지명이다. 이곳에서 바라보는 바다는 지
금과는 사뭇 달랐을 것이다. 시인은 자신이 살았던 고향 집
을 궁전으로 환치시키고 자신의 어린 시절을 동화처럼 아름
답게 기억한다. 공주가 된 어린 시인의 눈에는 노을처럼 아
름다운 광경은 없다. "궁전에 난 아릿한 창문으로 붉은 탄성
이 스며든다" 하지만 공주는 그 광경에서 '아릿함'을 발견한
다. 너무 일찍 성숙해 버린 것일까. 아름다움은 아름다움만
으로 읽히지 않는다는 것을 일찍 깨달아 버린 것이다. 그리
고 어른이 된 시인의 눈에 청계 바다는 "방파제에 드리우던
갈매기 날갯짓이 어둠 속으로 날아가 수평선을 품는" 곳이
다. 수평선에 드리우는 시인의 감성은 그리움이다. '바다'와
'노을'이 고향을 상징한다. 이러한 상징성은 시인이 시에서
자신의 감성을 인상 깊게 표현하는 장치가 된다. 또한, 시
인은 "복길항 노을은 바다를 몽땅 등에 업고 걸어온다"는 표
현을 통해 자신이 어린 시절에 경험한 바다의 생명력을 전한

다. 수평선이 드리운 바다는 세상의 소란함과 '절단된' 것처럼 고요하다. 이곳에서 시인이 기다리는 내일은 무엇일까.

시인이 문을 열고 들어간 곳은 문학이다. 시의 세계로 발을 들여놓은 것이다. 시인에게 시는 천명天命이자 새로운 미래로 나아가는 길이 된다. 또 다른 상징이다. '시'는 시인에게 와서 내일을 여는 문이 되고 '나'를 발견하게 하는 상징이 된다. 이러한 상징성은 스승의 부재를 노래한 연작시 「폐가 1」에서 오롯이 드러나게 된다.

붉은 홍시가 오십 촉 등불을 켠다

무릎까지 차오른 덤불이 달빛에 엉클어진다

안방 천장을 붙잡고 있던 벽지가 힘이 다했는지 떨어져 내리고

못에 걸린 옷들이 낡아 간다

마루 황토벽에 색연필로 그은 숫자와 낱말들이 희미해 져 가고

쥐 오줌 냄새 스민 부엌은 한기가 감돈다

숨결은 오래고 바람만 마당을 쓸어내린다

부서진 책상은 희뿌연 먼지 속에서 누군가를 기다리고

빗장 건 대문마저 한쪽으로 기울어져 있다

주인이 없는 집은 발자국도 듬성듬성 남는다
　　　　　　　　　　　　　　　　　　　　—「폐가 1」 전문

　'폐가'에서 시인이 그리고 있는 이미지는 모두 쓸쓸하다.
'엉클어지다, 낡아 간다, 희미해져 가고, 한기가 감돈다, 한
쪽으로 기울어져 있다, 듬성듬성 남는다'는 모두 하나의 이
미지로 귀결된다. 박태순 시인에게는 송수권 시인이 없는
이 세상이 모두 폐가처럼 보인다. 이 시에서 "부서진 책상"
은 시인을 대변한다. '부서진'은 겉에 보이는 것일 뿐만 아니
라 부서지고 다친 시인의 마음이기도 하다. 그 마음이 아직
"누군가를 기다리고" 있다. 단절이 아닌 시간의 연속이다.
쓸쓸한 폐가일망정 시인의 기억과 마음속에서 시간과 공간
은 지속된다. 그리움이 시간과 거리를 초월하기 때문이다.

집에서 가까워 시를 낚을 생각이었다

낡은 벤치에 한 시인이 앉아 담배를 물고 있었다

발로 써라
노래 가사 쓰지 말고
신세 한탄하지 말고
마음을 울리는 시를 쓰라 하셨던
그곳에
이젠 시인도
시인의 담배도 없다

낡은 의자만 저수지를 지키고 있다
—「운천 저수지」 전문

'운천 저수지'는 송수권 시인과의 추억이 깃든 곳이다. 이
곳에서 박태순 시인은 시에 대한 가르침을 받았을 것이다.
"발로 써라/ 노래 가사 쓰지 말고/ 신세 한탄하지 말고/ 마음
을 울리는 시를 쓰라"는 말은 고스란히 박태순 시인이 앞으
로 쓰고자 하는 시가 된다. 그리고 시인의 상징이 된 '담배'
가 그립다. 이곳에서 시인을 기리는 것은 시인이 앉았던 '낡

은 의자'뿐이다. '낡은 의자'는 시인을 대변하는 은유이기도
하다. 시인에 대한 그리움은 '지킴'의 자세로 나아간다. 송수
권 시인의 시 세계를 잊지 않고 지키고 싶은 제자의 마음이
드러난다. 그래서 박태순 시인의 그리움에는 시간과 공간에
따른 거리가 존재하지 않는다. 그리움으로 보면 모두 하나
의 시간이기 때문이다. 「종이로 지은 새 울음소리」에서도 박
태순 시인은 스승에 대한 그리움을 드러낸다.

　　시인의 생가에서 하룻밤을 보냈다

　　한쪽 날개가 부러져 날지 못하는 새처럼 지붕 한쪽 추녀
　가 기울어져 있었다

　　시인과 함께 우리는 마당에 쪼그리고 앉아 군불을 지폈지

　　돗자리를 펴고 누워 은하수를 바라보았지

　　시인이 어릴 적 구슬치기, 장치기를 하며 놀았다는 앞마당

　　나는 구겨진 신문지를 접어 종이 새를 만들어 마당으로
　날린다

비가 오려는지 지렁이 울음소리가 들려온다

지렁이가 앞마당으로 몰려들어 집을 짓고 산다고 시인
은 말했지

무너져 내린 부엌 창고에는 시인이 사용했다는

다리 없는 책상이 벽에 기대어 주인을 기다리고 있었다

종이 새 울음소리가 서녘으로 날아간다
　　　　　　　—「종이로 지은 새 울음소리」 전문

　'종이로 지은 새 울음소리'는 스승인 송수권 시인에게 날
리는 그리움이다. "한쪽 날개가 부려져 날지 못하는 새처럼
지붕 한쪽 추녀가 기울어져 있"는 것은 스승을 떠나보낸 마
음이다. "구겨진 신문지를 접어 종이 새를 만들어 마당으로
날린다"는 것으로 그리움의 행위를 대신한다. 그 마당은 송
수권 시인과 함께했던 추억의 공간이다. "시인과 함께 우리
는 마당에 쪼그리고 앉아 군불을 지폈지// 돗자리를 펴고 누
워 은하수를 바라보았지"를 통해 지나온 시간과 공간을 반
추한다. 여기에서 주목할 점 하나는 '지렁이'다. 지렁이가 울

까? 지렁이가 우는 소리를 들어 보지 못한 사람은 지렁이 울음소리를 모른다. 이 울음소리는 시인의 울음소리로 들어왔다가 다시 종이 새의 울음소리로 태어난다. 그리고 지렁이가 앞마당으로 몰려들어 집을 짓고 산다고 한다. 하지만 이제 시인을 기억하는 것은 지렁이 울음밖에 없다. "무너져 내린 부엌 창고"며 "다리 없는 책상"만 오지 않는 주인을 기다릴 뿐이다. 이 기다림 속에서 "종이 새 울음소리가 서녘으로 날아간다"고. 종이 새가 날아가는 서녘은 불교에서 열반에 드는 곳을 말한다. 시인에 대한 그리움이 결국 '서녘'에 가 닿을 것을 믿는다. 이러한 '서녘'은 시간과 공간을 초월한 영혼이 머무는 곳이다. 바로 그리움이다. 그리움에는 거리가 없기 때문이다. 이제 박태순 시인의 세계는 어디로 향하는가. 시인이 추구하는 것은 이웃과 이루는 연대이자 사랑이다.

낫처럼
꼬부라진 허리를 한 채
거북이처럼 고개를 내민 무안댁이
유모차 끌고
경로당으로 향한다
눈이 부리부리했던,
귀도 동네에서 가장 크고 도톰했던

무안댁

이제는 휘어진 허리에 땅만 보는

종합병원

무안댁이

마른기침을 뱉는다

몇 년 후 나의 모습인 것만 같아

눈빛이 흔들린다

꼬부라진 한 생이

길 위에서

복사된다

—「자화상」 전문

　"낫처럼/ 꼬부라진 허리를 한 채/ 거북이처럼 고개를 내
민 무안댁"이 바로 자신이라는 것을 발견한다. '무안댁'이 곧
자신이라는 인식은 '내가 너고 네가 나다'는 인식에 이른다.
다시 말하면 이러한 '타자'와의 연대 의식은 곧 자신의 존재
를 각성하는 데서 연유한다. 이러한 각성 하나가 바로 연민
과 사랑이다.

　고양이 세수를 하고

　장작불에 붙어 손발을 녹이는 사람들

어둠 속을 저벅거려

길거리 좌판을 펴고

야채와 푸성귀로 오가는 손님을 부른다

후미진 골목까지

새벽은 분주하고

단골손님을 부르는 일로 장터는 붐빈다

하루 전 주문을 받기도 하고

안부를 묻고

밤새 안녕을 주고받기도 한다

시장 통로가 달빛에 물들자

오가는 사람들이 하나둘 자취를 감춘다

다시 침묵으로

시장은 문을 닫는다

내일은 또

새로운 하루가 몰려올 것이다

　　　　　　　　　　　　　　　　—「새벽 시장」 전문

　시인은 '사람들'에게 주목한다. 시인과 함께 살아가는 사
람들을 따뜻하게 바라보게 되는 것이다. 시간과 공간을 연
대하는 길로 시인은 들어선다. 그리고 그들을 고스란히 시
안으로 들여온다. "장작불에 붙어 손발을 녹이는 사람들"과

"길거리 좌판을 펴고/ 야채와 푸성귀로 오가는 손님을 부"르는 사람들. "단골손님", "안부를 묻고/ 밤새 안녕을 주고받기도" 하는 사람들이 모두 시인의 눈에 들어온 사람들이다. 그런 사람들로 인해 오늘 하루가 익어 가고 내일이 온다는 믿음이 생긴 것이다. 이렇게 시인과 함께 살아가는 사람들에 대한 연민과 사랑은 "고목 옆에서 너나없이 손을 모으는 아낙들"(「와흘본당」), "우르르 달려들어 한 움큼씩 집어 맛을 본다"(「뻥이요」)는 '아낙들'에서도 나타난다.

하나씩 지운다

작년도
지우고
금년도
지우고
어제도
오늘도
지운다

지우다 보니 내가 없다

내가 없으니 주변이 가벼워진다

셈할 일이 없어

뺄셈도
지우고
덧셈도
지운다

사는 일이 다 가벼워졌다

—「나를 지우다」전문

이제 시인은 다시 자신을 성찰한다. '나'로 시작해서 결국엔 '나'로 돌아오는 여정이다. 자신이 나이 들었음을 깨닫는다. 이러한 시간의 흐름이 어쩔 수 없는 숙명이라는 것을 안다. 하지만 시인은 우울함과 절망을 비움의 언어와 긍정적 삶의 태도로 받아넘긴다. "지우다 보니 내가 없"지만 지우다 보니 "사는 일이 다 가벼워"진 것이다. 시인은 이제 자신을 하나씩 비워야 하는 존재가 되었음을 알고 세상을 대하는 태도를 가볍게 한다. 지금까지 지니고 왔던 부담에서 어느 정도 벗어난 것이다. 시인은 「바느질하는 여자」에서 자신이 추구하는 삶의 태도를 보여 준다.

경주박물관에 들러 분황사 돌 사리함에서 나온
선덕여왕의 손가위, 금바늘, 은바늘, 가죽 골무,
바늘통을 보았다.
반짇고리에 수북이 쌓인 실패들
삶의 화폭을 아름답게 기워 낸 여자
바늘이 칼보다 강함을 알았다.
분황사 터를 서성거리며 생목生木을 찍는,
그녀의 분신인 듯 청딱따구리 한 마리를 보았다.
그대는 어디에 잠들었는가?
긴 세월 독수공방 긴 밤을 새워
북두北斗에 한숨으로 불어 날린 실밥들
동해를 질러가는 기러기 죽지에 묻은 사랑
지귀의 못난 사랑까지도 넓은 오지랖에 싸안아
잠든 그이 팔에 팔찌를 끼워 준 여자
지귀와 같은 설움으로 그녀의 이름을 부르노라
365개의 벽돌로 쌓은 탑, 열두 계단을 올라
첨성대 위 자미원 12궁 거문고좌 물병자리 별이 되었나
또 한 번 법회가 열리는 날 이 뜰에 서성거리다
나도 잠들면

이 주춧돌 밑에 묻은 초혼장招魂葬 보고

그대 눈물 글썽거리며

내 팔목에도 팔찌 하나 걸어 주려나

　　　　　　　　　　　　　—「바느질하는 여자」 전문

　시인이 가고자 하는 길은 처음부터 정해져 있는 것인지도
모른다. 시에서 말하는 "삶의 화폭을 아름답게 기워 낸 여
자", "지귀의 못난 사랑까지도 넓은 오지랖에 싸안아/ 잠든
그이 팔에 팔찌를 끼워 준 여자"의 이미지는 어머니가 '클로
버'에서 꿈꿔 왔던 '행운'과 '행복'일 것이다. "그대 눈물 글썽
거리며/ 내 팔목에도 팔찌 하나 걸어 주려나"로 선덕여왕과
자신을 동일시하는 이유도 시간과 공간을 초월하여 연민과
사랑으로 한 인간으로 만나는 지점을 획득했기 때문으로 보
인다. 시간을 초월한 그리움이다. 그러니 그리움은 시인에
게 시간적 거리가 없다고 느껴진다.

　좁은 골목길엔

　조개껍데기를 뒤집어 놓은 듯한 판잣집들

　조금과 사리 물때마다

　조판장 경매꾼 목소리에 조기들이 춤을 춘다

　유랑流浪 구름처럼 파도는 일렁이고

어선들이 줄지어 바다로 나가면
아낙들은 보리밭 경사진 곳에 솟은
언덕 위로 올라가
머언 바다를 보고 손을 모았다

―「보리마당」 전문

목포에 있는 보리마당의 전경은 아름답기로 유명하다. 오른쪽으로는 바닷가 마을이 펼쳐지고 왼쪽으로는 유달산과 목포 구도심의 전경을 함께 조망할 수 있다. 시인은 이곳에서 시간을 거슬러 올라간다. '조금'은 조수가 가장 낮은 때이고 '사리'는 매달 음력 보름과 그믐달, 조수가 가장 밀려오는 때를 말한다. 세상사도 '조금' 때와 '사리' 때가 있는 것일까. 시인은 이곳에서 바다로 나가는 어선과 이를 지켜보는 아낙의 모습을 상상한다. 지아비의 무사와 만선을 바라는 마음으로 "언덕 위로 올라가/ 머언 바다를 보고 손을 모"으는 모습이야말로 시인의 마음을 울리는 풍경이다. 이러한 풍경 자체가 그리움이다.

무안 터미널에 들어서면 빨갛게 물든 황토 바람과 끝없이
펼쳐진 황톳길이 시작된다

저 붉은 가슴

무안은 황토 가슴으로 숨을 쉰다

황토는 양파가 되고 도자기가 되고 우리네 이웃이 되고
고향이 된다

나는 붉은 가슴으로 산다
—「무안에 들어서면」 전문

이제 박태순 시인은 온전히 스승이 말한 '황토'를 지니게
된 것일까. 박태순이 말하는 '황토'는 '붉은 가슴'이다. 시인
은 이 '붉은 가슴'으로 숨을 쉰다. "황토는 양파가 되고 도자
기가 되고 우리네 이웃이 되고 고향이 된다"는 표현을 통해
시인은 자신이 추구하는 정신을 드러낸다. 황토는 황토만이
아니고 양파이고 도자기이고 우리네 이웃이고 고향이고 바
로 시인 자신이 되기도 한다. 그래서 시인은 "붉은 가슴으로
산다"고 말한다. 박태순 시인은 스승이 물려준 시 정신을 올
곧이 받아안으며 새로운 세계를 열어 가고자 하는 것이다.

박태순 시인이 그리고 있는 세계는 그리움으로 나타난 생

명성 짙은 서정이다. 어머니와 아버지에 대한 그리움, 고향에 대한 그리움, 하늘로 떠난 스승 송수권 시인에 대한 그리움이 모두 하나의 시간과 공간으로 연결되어 있다. 이러한 그리움이 시인을 살아가게 하는 힘으로 작용한다. 그 힘으로 시인은 다시 새로운 내일을 맞이할 것이다. 웃음이 넘치는 건강한 생명력으로 다시 바다와 황토와 그 속에 깃든 사람들을 보고 노래할 것이다. 박태순의 시가 생명력 있는 서정으로 태어날 수 있었던 것은 그리움을 질감 있는 언어로 표현하였기 때문에 가능한 일이다. 그런 의미에서 박태순의 시는 그리움을 통해 얻은 온전한 고요이며 따뜻한 서정의 울림이다. 시집 제목 "그리움은 거리가 없다"는 박태순 시인이 길어 올린 생명력 있는 그리움으로 독자들의 가슴에 오래도록 남을 것이다. 박태순 시인의 서정적 울림이 잘 드러난 시 한 편을 소개하며 글을 맺는다.

드르르 드르르 미싱 돌아가는 소리

헝겊 쪼가리 이어서 예쁜 상보 만들어 주신다던 우리 엄마

시집갈 때까지 엄마 젖가슴 만지며 잠이 들었지

그 품이 그리워

드르르 드르르 미싱을 돌리네

눈물로 심을 삼아

저승 간 우리 엄마 예쁜 옷 한 벌 해 드리고 싶어

엄마 딸로 태어나

정말 행복했다고 말하고 싶어

드르르 드르르

울 엄마 보고 싶을 때마다 가슴에 미싱을 박네
　　　　　　　　　　　　　　—「드르르 드르르」 전문

꽃비 그리움
—송수권 시인을 기리며

　스승님, 그간 별고 없으신지요?

　오늘따라 꽃비가 왜 이리도 화사한지요. 깔리듯 쏟아지는 꽃잎이 얼굴에서 발등까지 아름다운 꽃 그림을 환상처럼 그렸다가 지웁니다. 재작년 이맘때 광주상록회관으로 일찍 나오라고 하셔서 영문도 모른 채 나갔다가 바람에 휘날리는 꽃 향기에 한동안 넋을 잃었던 적이 있었습니다. 꽃향기도 좋았지만, 솜사탕 사 주시며 이건 손가락으로 찢어 입술에 붙이면서 먹는 거라고 농을 하실 때가 더 즐거웠습니다. 하늘을 바라보던 얼굴에 꽃비를 담뿍 맞았던 시간이 이제 돌이킬 수 없는 추억이 되어 버렸습니다.

　운해雲海를 헤집듯 길바닥에 달라붙는 눈발을 이리저리 피하면서 개구쟁이 소년처럼 좋아하셨던 모습이 눈에 아른거립니다. 내년에도 도시락을 싸서 벚꽃놀이 오자고 약속하셨

134

는데 이제는 저 혼자 두원면 선산으로 꽃비를 맞으며 선생님을 찾아갑니다. 평소에도 꽃을 좋아하셨는데 하필이면 꽃비가 쏟아지는 날에 스승님을 찾아뵈어야 하는 이 마음이 두렵기까지 합니다.

선생님의 묘지가 온화한 쉼터 같습니다. 이리도 편안하게 계신 걸 괜한 걱정을 했다는 생각이 들었습니다. 슬퍼하다가 훌쩍 일 년이 지나 버렸습니다. 밝게 웃으시며 '먼 길 고생했구나' 반겨 주시는 것 같아 코끝이 찡해 옵니다. 운전 조심히 하라는 말씀이 생각나 다시 한 번 코끝이 찡해집니다. 그곳에서도 담배를 즐기시는지요? 아파트 계단 뒤 섬돌 밑에 숨겨 둔 담배도 매일 훔쳐다 피우시는지요? 해로우니 그만 피우시라고 하면 먹고 싶은 것 먹고 죽을 거라고 하셨죠.

사월 하늘에 오늘도 꽃비는 소낙비처럼 내리고 있습니다. 스승님 가셨던 길목에 우주도 화답하듯 가로수 길이 눈꽃으로 덮여 있습니다. 산문에 기대어 평생을 그리워하셨던 '산 그리메 눈썹달 누이'를 만나 서정시 한 줄 걸쭉하게 읊어 주십시오. 시는 발로 쓰라고 하신 말씀 기억하고 있습니다. 풍류해수욕장 가까운 산언저리 스승님 유택에 비파나무 두 그루 심을까 합니다. 그늘에서 쉬실 때 좋아하시는 비파 열매 따 드시면서 시 한 편, 바람에 날려 주세요.

이제 가렵니다, 스승님. 푸른 뗏장 이불 삼아 감기 조심하시고 찾아뵐 때까지 편히 계십시오.

스승님 그리운 날에

제자 박태순